LES PETITS LIVRES DE M. LE CURÉ,

Bibliothèque du Presbytère, de la Famille et des Écoles.

LE
CONTRE-MAITRE,

PAR

M. T. CASTELLAN.

PAUL MELLIER, ÉDITEUR,
PLACE SAINT-ANDRE-DES-ARTS, 11.

centimes broché ; **35** centimes cartonné. **35**

DENIS-AUGUSTE AFFRE, par la miséricorde divine et la grâce du Saint-Siége Apostolique, Archevêque de Paris.

MM. Plon et Paul Mellier, éditeurs, ayant soumis à notre approbation les ouvrages ci-dessous indiqués, faisant partie d'une collection ayant pour titre : LES PETITS LIVRES DE M. LE CURÉ, BIBLIOTHÈQUE DU PRESBYTÈRE, DE LA FAMILLE ET DES ÉCOLES, savoir : *Histoire de Saint Vincent de Paul*, 1 vol.; *Histoire de Sainte Geneviève*, 1 vol.; *l'Habitant des Ruines*, 1 vol.; *le Contre-Maître*, 1 vol.; *le Père Lejeune*, 1 vol.; *Comment on devient heureux*, 1 vol.; *la Visite aux Prisonniers*, 1 vol.; *les Pains de six livres*, 1 vol.; *les Péchés capitaux*, 2 vol.

Nous les avons fait examiner, et, sur le rapport qui nous en a été fait, nous avons cru qu'ils pouvaient offrir aux personnes auxquelles ils sont destinés une lecture intéressante et sans danger.

Donné à Paris, sous le seing de notre Vicaire-Général, le sceau de nos armes et le contre-seing de notre Secrétaire, le quatorze mars mil huit cent quarante-quatre.

F. DUPANLOUP,
Vicaire-général.

Par Mandement de Monseigneur
l'Archevêque de Paris :

E. HIRON,
Chanoine honoraire, pro-secrétaire.

LE

CONTRE-MAITRE,

PAR

T. CASTELLAN.

PARIS,
CHEZ PAUL MELLIER, ÉDITEUR,
PLACE SAINT-ANDRÉ-DES-ARTS, 11.

1844

IMPRIMÉ PAR BÉTHUNE ET PLON, A PARIS.

LE

CONTRE-MAITRE.

J'avais dix-huit ans lorsque je quittai le collége Rollin pour retourner à Bordeaux, mon pays natal. Mon père, ancien marin, était alors un des plus riches armateurs de cette ville ; ses navires sillonnaient les mers dans toutes les parties du globe. Possesseur d'une grande fortune, il rêvait depuis long-temps pour son fils une autre carrière que celle qu'il avait suivie lui-même, une carrière qui m'ouvrît les portes des honneurs, des dignités ; celle de la magistrature.

Le lendemain de mon arrivée, après le déjeuner, nous descendîmes ensemble la rue du Chapeau-Rouge. Mon père me faisait part de ses projets sur moi, de ses espérances, de la brillante position qui m'attendait dans le monde. Je l'écoutais en silence ; mon cœur battait à l'idée de l'avenir dont il me retraçait la séduisante image. Il s'en aperçut ; et je mis le comble à son bonheur en lui promettant que l'année suivante je retournerais à Paris pour m'y livrer à l'étude des lois. Tout en causant, nous

arrivâmes sur le quai. L'aspect du port, à cette heure, produisit sur moi une impression que je n'oublierai jamais. Le vaste bassin de la Gironde avait peine à contenir la triple rangée de navires dont la ligne immense couvrait la rive gauche du fleuve ; des milliers de mâts balançaient mollement leurs têtes aiguës ; de longues flammes, jouets de la brise, s'entrelaçaient en réseaux légers ; puis, séparées tout à coup, elles voltigeaient isolément dans les airs, dessinant sous un ciel bleu leurs formes capricieuses et bariolées. Des pavillons de toutes les couleurs, de toutes les nations flottaient à la poupe. Le frôlement des voiles que l'on hissait, que l'on carguait, se mêlait au bruit des chaînes ; le cri du cabestan se confondait avec le chant des matelots ; et, au milieu de tout cela, un concours continuel de chevaux, de voitures ; une foule immense, allant, venant, toujours empressée, jamais en repos : c'était un panorama animé, vivant, devant lequel je restai un moment en extase. Ce tableau réveilla au fond de mon âme la pensée d'un voyage lointain, qui, depuis long-temps, germait dans ma jeune tête. Deux jours après, j'osai exprimer ce désir à mon père. Il en parut contrarié. Il allait probablement alléguer de fort bonnes raisons pour me faire renoncer à ce caprice, les dangers, les fatigues d'un voyage de long cours, ses inquiétudes, le chagrin de ma mère ; mon oncle le prévint. Mon oncle était un habile marin, un capitaine expérimenté et sage. Depuis quinze ans qu'il naviguait pour la maison dont il était un des associés, je ne sache pas que le navire qu'il commandait eût jamais éprouvé la moindre avarie : c'est le hasard, sans doute ; mais un bonheur si constant lui avait mérité une confiance sans bornes, que, du reste, il justifiait par une prudence reconnue et un sang-froid imperturbable qu'il conservait dans les circonstances les plus critiques. Il intercéda en ma faveur ; il fit valoir, outre le bien que cela ferait à ma santé, l'avantage moral qui en résulterait pour moi.

« Les voyages forment la jeunesse, dit-il ; ils apprennent à connaître le cœur humain ; et la connaissance du cœur humain est d'un grand secours pour qui se destine à la carrière que je devais embrasser. »

Vaincu par la logique de son beau-frère, mon père ne songea plus à mettre obstacle à mes vœux. La *Prévoyante* effectuait son chargement pour New-York. Je n'avais pas de temps à perdre ; je me hâtai de faire mes préparatifs.

La veille du départ arriva ; je fis mes adieux à ma mère ; la pauvre femme pleura en m'embrassant, comme si elle ne devait plus me revoir. Mon père montra plus de courage, et pourtant c'était les dernières caresses que je devais recevoir de lui. Le lendemain, le 25 juin, à la pointe du jour, j'étais sur le pont. A six

9

heures, par une des plus belles matinées qui
se soient levées sur les rives de la Gironde, la
Prévoyante déploya ses blanches ailes, aux
refrains saccadés de l'équipage ; bientôt la ville
disparut derrière les sinueux détours du fleuve ;
et, le lendemain, nous voguions à pleines voiles dans le golfe de Gascogne.

Je ne prétends pas faire une description de
notre traversée ; elle fut des plus heureuses. Le
trente-deuxième jour, nous jetions l'ancre dans
le port de New-York. Nous restâmes un mois
environ dans cette ville. Le 29 juillet, nous ap-
pareillâmes de nouveau pour les côtes de France.
Pendant plus de trois semaines, la constance
des vents debout contraria notre marche ; ce
n'est que le 11 septembre que nous entrâmes
dans la rivière de Bordeaux. Le troisième jour,
à onze heures du soir, nous étions dans le port.
J'étais impatient d'embrasser ma famille. Le
lendemain matin, mon oncle et moi nous descendîmes à terre ; et, bras dessus bras dessous,
nous prîmes gaiement le chemin de la maison.
Je fus frappé de l'air contraint des domesti-
ques : ils étaient tristes, embarrassés ; aux
questions que je leur adressais ils ne répon-
daient que par des soupirs, et n'osaient lever les yeux sur moi : un sinistre pressenti-

ment vint me saisir. J'hésitais de pénétrer dans les appartements, lorsque ma mère, qu'on était allé prévenir de mon arrivée, se précipite dans mes bras. Je jette un cri déchirant; ses vêtements de deuil m'avaient révélé toute l'étendue de mon malheur : mon père était mort.

Ma mère me tint long-temps pressé sur son cœur, sans prononcer une parole ; les sanglots étouffaient sa voix. Quand les larmes se furent frayé un passage et qu'elle put parler, elle m'apprit le coup affreux qui m'avait frappé ; je faillis succomber à ma douleur. Je me retirai à la campagne, où je restai plus de trois mois seul, avec ma mère. Ses soins, sa touchante bonté calmèrent ma souffrance ; sa consolante voix fit passer dans mon âme le courage qu'elle-même puisait dans sa douce piété.

La mort de mon père changea la face de mon avenir. A vrai dire, c'était plutôt par condescendance que par goût que j'avais adhéré à ses projets; je venais d'éprouver tout ce que la vie de marin avait d'attrait pour un caractère aventureux; je n'hésitai plus, et je déclarai ma résolution de poursuivre cette carrière. Les circonstances exigeaient d'ailleurs que mon oncle renonçât aux voyages pour prendre les rênes de la maison. Ma mère s'alarma; mais je la rassurai. Je ne la laissais pas seule, puisque son frère restait auprès d'elle. Il fut donc décidé qu'avant de me confier le sort d'un navire, je naviguerais encore pendant quelque temps pour me former à mon nouvel état et en acquérir toutes les connaissances. Je fis mon apprentissage sous un vieux capitaine, véritable loup de mer, roi absolu du moment qu'il montait à son bord; une volonté ferme, un peu emporté, brusque parfois jusqu'à la colère, mais un cœur excellent; intrépide, courageux, actif, vigilant et d'une agilité vraiment remarquable pour un homme de son âge; en un mot, un digne et brave marin dont mon oncle faisait le plus grand cas, et qui m'initia rapidement à toutes les grâces du métier. En peu de temps je devins passé maître dans l'art nautique. Au bout de quatre ans, mon oncle, jugeant qu'il pouvait se fier à mon expérience, me donna le commandement d'un joli trois-mâts, qu'il venait de faire construire à mon intention : je le nommai le *Jean-Marie*, du nom de mon pauvre père uni à celui de ma mère. Je devais me rendre dans les Indes orientales pour y chercher des indigos. L'important était de composer mon équipage; la saison

était avancée : tout ce qu'il y avait de bons matelots était parti ou enrôlé ; c'est avec peine
que je parvins à en réunir une vingtaine, que
je choisis parmi ceux qui me parurent posséder
le mieux les qualités que je recherchais. Enfin
tout était prêt ; mon chargement à peu près
terminé, et le départ fixé à huitaine. La veille
de ce grand jour, on vint me dire que mon
contre-maître, atteint tout à coup d'une mala-
die fort grave, ne pouvait partir. Cette nouvelle me contraria ; un contre-maître était indispensable ; je me mis aussitôt en quête de le
remplacer ; mais, comme je l'ai dit, les bons
marins étaient rares ; et, j'eus beau chercher,
demander partout, je ne trouvai personne qui
m'inspirât assez de confiance. Je venais de ren-
rer à mon bureau, désespéré du peu de succès de mes démarches, lorsqu'un homme se
présente, et demande à me parler.

« Monsieur, me dit-il, je viens vous offrir
mes services.

— Qui êtes-vous ? lui demandai-je.

— Je suis marin ; je sais que vous avez besoin d'un contre-maître ; et, s'il vous convient
de traiter avec moi, j'aime à croire que vous
serez satisfait. »

Je regardai cet homme ; son air, ses manières me surprirent; il s'exprimait en des termes

peu communs aux gens de sa profession, malgré l'accent étranger qui perçait dans son langage. Sa mise était modeste mais propre. A travers les habits grossiers de son état, on distinguait de l'aisance et l'habitude de porter des vêtements d'une forme plus recherchée. Je me sentis tout d'abord prévenu en sa faveur.

« Vous n'êtes pas Français? lui dis-je.

— Non, monsieur, je suis Hollandais.

— Vous avez navigué?

— Pendant six ans, dans la marine du roi.

— A quel titre?

— Simple matelot.

— Simple matelot! et vous vous offrez à moi pour contre-maître?

— Je crois pouvoir remplir dignement ce poste.

— Quel âge avez-vous?

— Trente-deux ans.

— Vous vous nommez?...

— Henric Carpels.

— Avez-vous des papiers qui attestent vos services?

— Les voici.

— C'est bien, lui dis-je, demain matin nous mettons à la voile.

—Je le sais, me répondit-il; dans une heure je serai prêt. » Et il se retira.

Le soir, après avoir dit adieu à ma mère, j'allai à bord avec mon oncle, qui voulut s'assurer par lui-même si rien ne manquait à l'organisation de mon *Jean-Marie*. Henric y était déjà; il avait fait tout disposer pour me recevoir, et, dans ce moment, il achevait de déblayer le pont de différents objets inutiles. Je rassemblai les matelots, et je le leur présentai pour maître d'équipage. »

A minuit, le calme le plus parfait régnait sur la rivière. Excepté les quatre matelots de quart, étendus sur l'avant, l'équipage dormait dans ses cabines; moi seul je me promenais sur le pont, méditant sur mon avenir, que je me plaisais à revêtir de tous les prestiges enfantés dans mon cerveau. Henric, que je ne voyais pas, s'approche tout à coup de moi :

« Capitaine, me dit-il en portant respectueusement la main à sa casquette de loutre, est-il d'usage à votre bord que la prière se fasse en commun chaque soir ? »

Je ne m'attendais pas à cette question, j'avoue qu'elle me surprit; cependant un tel usage s'accordait si bien avec les principes dans lesquels ma mère m'avait élevé, et que je n'avais jamais cessé de mettre en pratique, que je ne balançai point à l'adopter.

« Sans doute, répondis-je à Henric, je prétends qu'il en soit ainsi; je l'exige même. Chaque soir, à minuit, avant de prendre le quart, l'équipage s'assemblera sur le pont pour remercier le Ciel d'avoir protégé notre navire et l'implorer pour la journée qui va s'ouvrir. Le marin, exposé à tant de dangers, à tant de privations, n'a d'espoir qu'en Dieu ; ce n'est que dans la prière qu'il peut puiser le courage de les surmonter.

— C'est bien, capitaine ; c'est bien, cela : vous méritez d'être heureux. »

En prononçant ces paroles, Henric s'éloigna. Je le vis s'étendre sur l'avant ; un instant après il était plongé dans un profond sommeil.

Comme je l'avais décidé, la prière fut religieusement observée à bord. Henric mettait dans l'accomplissement de ce devoir un recueillement vraiment exemplaire ; sa ferveur en imposait à ses camarades : malgré l'insouciance naturelle aux matelots, ils se sentaient tous dominés par la piété franche et sincère du maître d'équipage.

J'avais remarqué que bien souvent, après la prière, surtout quand le temps était calme et le ciel parsemé d'étoiles, Henric se retirait seul à l'extrémité de l'avant, et là, adossé contre la lisse, il restait des heures entières absorbé dans ses méditations. Un jour, que je m'étais approché tout près sans qu'il s'en fût aperçu, je l'entendis prononcer ces mots : « Mon père ! mon enfant ! ô mon Dieu, ne les abandonnez pas !

— Qu'avez-vous, Henric ? » lui dis-je en allant à lui.

11 tressaillit.

« Ah ! c'est vous, capitaine ! fit-il en me reconnaissant.

— Oui, c'est moi ; cela vous contrarie ?

— Nullement, capitaine ; c'est que je me croyais seul.

— En effet, je remarque que vous recherchez la solitude.

— Je ne m'en défends pas, capitaine ; j'aime à me livrer à mes pensées.

— Et à quoi pensez-vous ?

2

— Au passé, capitaine, et à l'avenir : le premier est rempli de regrets pour moi ; le second brillerait du plus vif éclat si le Ciel exauçait mes souhaits. Je forme de bien beaux projets, capitaine ; mais, hélas ! je crains bien que ce ne soit là des chimères qui ne se réaliseront jamais.

— Qui sait ?

— C'est impossible, capitaine.

— Pourquoi ?

— Ce serait trop de bonheur ! et pourtant je veux le tenter dès que je le pourrai.

— Quels sont donc ces projets, Henric ?

— Vous allez vous moquer de moi, capitaine.

— Non pas, je vous le jure.

— Je veux devenir riche, et je suis résolu à tout pour réussir.

— Tout !

— Vous ne me supposez pas de coupables intentions, capitaine ?

— Bien loin de là, mais de l'ambition.

— De l'ambition ! eh bien... non, capitaine ! et si vous saviez...

— Quoi !

— Non, je ne puis ; il faudrait vous raconter ma vie, et...

— Eh bien ! racontez-la-moi ; aussi bien, je ne vous le cache pas, tout en vous pique depuis long-temps ma curiosité. Vous me paraissez avoir été élevé pour une tout autre profession que celle que vous exercez. Sont-ce des malheurs qui vous ont contraint à l'embrasser ?

— Non, capitaine.

— Est-ce donc par goût, par vocation ?

— Non, capitaine.

— Serait-ce l'inconduite ? je ne puis le penser, votre manière d'être à bord, vos habitudes, vos principes n'annoncent pas des antécédents reprochables, encore moins une vie dissipée.

— C'est pourtant cela, capitaine.

— Que me dites-vous ?

— La vérité ! Si je supportais seul le poids de mes fautes, je ne murmurerais point ; mais il pèse sur l'innocent comme sur le coupable, et cette pensée est affreuse. Mon père, ma femme, mon enfant,... sans moi, ils seraient heureux ! Mon pauvre père, surtout ; il vivrait paisiblement de la petite fortune qu'il avait amassée au prix de tant de fatigues, de tant de veilles. A son âge, c'était juste. Eh bien, non, maintenant il est obligé de travailler encore pour subvenir à son existence, et ma femme aussi ; jusqu'à mon enfant, un garçon de sept ans, qui de ses petites mains prend sa part du fardeau. Et c'est moi, moi qui en suis cause ! »

Sa voix était émue. A la clarté de la lune, je vis de grosses larmes rouler dans ses paupières.

« Calmez-vous, lui dis-je, Dieu, dont la sagesse est infinie, a placé dans le cœur de l'homme le repentir à côté du crime ; quels que soient vos torts, ils vous seront pardonnés. Croyez-moi, Henric, le pécheur repentant trouve toujours grâce devant lui.

— Je le sais, me répondit-il, et je le confesse dans le fond de mon âme, au milieu des égarements de ma jeunesse les sages avis de ma mère ont toujours été présents à ma pensée. Elle m'a enseigné de bonne heure à placer ma confiance dans la miséricorde de Dieu.

— Votre mère n'est plus ?

— Non, capitaine, et voici ce qu'elle m'a dit, j'avais alors quinze ans :

— « Henric, s'il est des hommes qui nient » l'influence des principes religieux sur notre des- » tinée, c'est qu'étrangers eux-mêmes aux trésors » que ces principes renferment, ils ne peuvent » ressentir les bienfaits qui en découlent. Dans » quelques circonstances que tu te trouves ne » l'oublie jamais, mon fils. La religion donne à » l'âme le courage et la résignation : la résigna- » tion dans le malheur ; le courage pour suppor-

»ter l'adversité. Dans le cours orageux de la vie,
»si, égaré par des conseils perfides, vous ou-
»bliez un instant ces riantes images qui char-
»maient votre enfance; si, séduit par un ap-
»pât trompeur, vous suivez aveuglément une
» route hérissée d'écueils, la religion veille sur
»vous: semblable à une tendre mère qui suit
»avec anxiété les premiers pas de son enfant,
»elle vous protége, elle vous arrête au bord du
»précipice, et enfin elle vous donne la force de
»reconquérir votre croyance. »

»C'est vrai cela, capitaine. Je l'ai bien éprouvé.
Puis elle prit ma main qu'elle porta à ses lèvres, et ajouta d'une voix à peine intelligible :

— « L'homme vraiment religieux envisage la
» mort sans effroi ; elle n'est pour lui qu'un doux
» repos après un long voyage, un sommeil régé-
» nérateur où l'âme se dépouille des frivolités de
» ce monde pour gagner le ciel. Là tout est pur
» et radieux comme le Dieu qu'on y contem-
» ple. »

» Ce furent ses dernières paroles, capitaine ;
l'instant d'après, elle avait cessé de vivre. »

Les vents, qui changèrent tout à coup, vinrent
heureusement faire diversion à la douleur d'Henric.

« Amure à tribord, s'écria-t-il d'une voix ferme. Alerte ! enfants, alerte ! »

Et, joignant l'exemple au commandement, il se mit à la manœuvre avec une ardeur sans égale. La violence des vents devint telle, qu'il fallut prendre des ris. Nous approchions du cap de Bonne Espérance, justement appelé le cap des orages. Bientôt le ciel se chargea d'épais nuages, la pluie tomba par torrents, le tonnerre gronda sur nos têtes : la nuit était si sombre qu'on ne distinguait rien. Une effroyable tempête venait de nous assaillir. Nous fûmes obligés de mettre à la cape. De lourdes lames tombaient à bord ; à chacune d'elles, le navire semblait s'engloutir sous les eaux.

Tout l'équipage était sur les vergues ; Henric fermait la claire-voie. Le corps penché en dehors de la lisse, je cherchais à m'emparer d'une drisse qui voltigeait dans les airs ; tout à coup une voix s'écrie : Capitaine ! au même instant deux bras vigoureux me saisissent et me jettent sur le pont, puis un bruit épouvantable retentit, comme si les flancs du navire se fussent entr'ouverts, et je me sens submergé. Une lame, plus terrible, plus monstrueuse que les autres, venait d'embarquer par l'arrière ; elle m'eût infailliblement emporté avec elle, sans la prévoyance d'Henric. Il l'avait vue venir et, jugeant d'un coup d'œil le danger que je courais, il s'était élancé vers moi et m'avait brusquement arraché de la place où je me trouvais. Un moment plus tard, j'étais précipité dans la mer. Mais la lame passa sur notre tête ; elle inonda le pont, et s'écoula par les sabords.

Pendant deux jours et deux nuits nous restâmes à la cape. Le matin du troisième jour la tempête avait cessé ; nous hissâmes de nouveau les voiles, et nous gouvernâmes sur le cap de Bonne-Espérance.

Table-Baie est une fort jolie petite ville fraîche et coquette avec ses maisons blanches et entourées de fleurs. Ses habitants sont tous Anglais ou Hollandais. De grands ruisseaux d'eau vive et limpide descendent le long de ses rues spacieuses et bordées d'arbres. Ses magasins sont vastes et bien pourvus ; on y trouve de belles fourrures, de belles étoffes de soie et de laine des fabriques de l'Inde et de l'Angleterre, et une foule d'objets rares et curieux venus de la Chine. Bâtie en amphithéâtre sur le bord de la mer, elle présente un aspect à la fois riant et pittoresque. Nous y arrivâmes le 5 janvier par une matinée délicieuse. Je devais y voir une maison hollandaise avec laquelle la nôtre était en relation d'affaires depuis nombre d'an nées.

Je descendis donc à terre, et j'emmenai Henric avec moi pour me servir d'interprète. Avant toute chose, je cherchai une église; j'éprouvais le besoin de prier Dieu. Nous rencontrâmes plusieurs groupes de jeunes filles qui marchaient deux à deux sous la conduite d'une dame âgée; des femmes, des hommes sortaient de leurs demeures, et se dirigeaient vers le même point. Nous suivîmes la foule. Nous aperçûmes bientôt, à l'autre extrémité d'une place sur laquelle nous venions de déboucher, un édifice fort simple, du reste, mais qui différait pourtant des autres par sa forme, son entourage et le modeste clocher qui s'élevait au-dessus de sa toiture. C'était l'église du lieu. Nous y entrâmes. Je m'agenouillai sur la dalle, j'adressai une fervente prière à Dieu pour le remercier de m'avoir protégé ; je le conjurai de nouveau de répandre ses bénédictions sur moi et de me conserver ma mère. Henric s'était aussi mis à genoux devant une image de la Vierge, où il demeura plongé dans un profond recueillement. L'office divin commença ; nous y assistâmes, puis je sortis pour vaquer à mes affaires. Elles furent bientôt terminées ; mais je fus obligé de m'arrêter quelques jours pour faire réparer mon navire, qui avait beaucoup souffert.

Je passai ce temps à parcourir la ville et ses environs. Le pays est superbe, la terre riche et féconde. On y trouve les fruits d'Europe et ceux des tropiques. Les routes, à peine praticables à travers un sol excessivement sablonneux, rendent les communications lentes et difficiles ; aussi tous les chariots qui servent à amener les denrées à la ville ou au transport des marchandises sont traînés par huit, dix, douze et jusqu'à vingt chevaux ou bœufs. Les Hottentots qui les conduisent sont armés d'un long fouet. Ces hommes sont noirs, et n'ont pour se couvrir qu'une toile grossière ceinte autour de leurs reins et un bonnet tressé de joncs, dont la forme ressemble beaucoup aux chapeaux chinois. La veille de mon départ j'allai visiter Constance, si renommée pour son vin. Henric m'y accompagna. Constance n'est qu'à cinq lieues de Table-Baie, mais nous mîmes un temps infini à nous y rendre. Nous en repartîmes à la chute du jour. La soirée promettait d'être belle; le vent, qui avait soufflé avec violence, s'était apaisé; quelques étoiles apparaissaient déjà à l'horizon; notre cheval marchait au pas. Pour rompre la monotonie de la route je m'adressai à mon compagnon de voyage, qui se tenait silencieux dans un coin de la voiture.

« Henric, lui dis-je, vous alliez me raconter votre histoire, lorsque la tempête est venue si mal à propos nous déranger; dans ce moment nous sommes tranquilles, rien ne viendra nous interrompre, nous n'arriverons pas de long-temps encore à la ville; si vous êtes disposé à commencer votre récit, moi je suis tout disposé à vous entendre.

—Volontiers, capitaine, me répondit Henric;

mais vous me traitez avec une bonté qui me confond en même temps qu'elle m'honore, et si ce que vous allez apprendre de moi allait me nuire dans votre esprit, je ne m'en consolerais jamais.

— Ne craignez rien; je suis persuadé que vous n'avez rien fait contre l'honneur...

— Je le jure, capitaine; mais j'ai été bien léger, bien dissipé; j'ai méprisé les sages avis de mon père, je suis resté sourd aux prières de ma femme; mon aveuglement leur a été fatal. Oh! je fus bien coupable, allez, et je n'aurai de repos dans ce monde que lorsque je serai parvenu à réparer le mal que je leur ai fait. Hélas! j'ai bien peur que ce moment n'arrive jamais.

— Allons, Henric, ayez plus de confiance dans l'avenir; je ne sais quels sont vos projets, mais, s'ils sont raisonnables, pourquoi n'espére-riez-vous pas les voir se réaliser un jour?

— Je vous l'ai dit, capitaine, je voudrais ac-quérir de la fortune, non pour moi, mais pour ma famille, que mon inconduite a presque ré-duite à la misère. C'est difficile, je ne m'abuse pas; ce n'est pas le courage qui me manque; la fatigue, les peines, les privations ne m'effraient pas : je les supporterais la joie dans l'âme, si chaque jour je me voyais faire un pas vers le but; mais par où commencer? que faire? qu'entreprendre? comment? par quel moyen? avec quelles ressources? Je n'ai rien, je ne possède absolument rien.

— Écoutez-moi, Henric, lui dis-je, je veux vous servir. Notre voyage sera long, car il nous faudra relâcher d'abord à l'île Maurice; de là nous nous rendrons à Bombay; nous reviendrons ensuite longer la côte de Malabar; et nous nous arrêterons à Pondichéry, puis à Madras et enfin à Calcutta, où je compte faire un long séjour. Il se sera écoulé plus d'un an avant que nous soyons de retour en France. Au bout de ce temps, vous posséderez une petite somme que vous pourrez employer à achèter des articles qui sont de bonne vente dans le pays où nous allons; je prendrai tous les renseignements nécessaires à cet égard : ensuite, je suis votre débiteur, et je prétends acquitter ma dette.»

Henric me regarda d'un air étonné.

« Je vous dois la vie, ajoutai-je.

— Que dites-vous, capitaine?

— Et cette lame terrible qui allait m'entraîner à la mer, n'est-ce point à vous que je dois d'y avoir échappé?

— Mais, capitaine, c'était mon devoir.

— Le mien est de ne point l'oublier.

— Et vous croyez, capitaine, que pour une action toute naturelle et qu'un autre eût faite à ma place j'accepterais...

— Non, non, ce n'est pas avec de l'argent qu'on acquitte un pareil service avec un homme tel que vous, je le sais ; mais à votre tour vous n'avez pas, je le pense, de raisons pour m'offenser, et ce serait le faire si vous refusiez mes services.

— Parlez, capitaine.

— Eh bien ! je veux qu'à notre prochain voyage vous soyez mon second à bord. J'exige, en outre, que vous me laissiez le maître de faire moi-même votre petite pacotille, que je fixerai à la somme qu'il me plaira.

— Mais, capitaine, si vous la fixez trop haut ?

— C'est mon affaire.

— Il me semble que c'est aussi un peu la mienne, car enfin toutes les spéculations ne sont pas heureuses ; et si celle-ci tournait mal, comment ferais-je pour vous rembourser ?

— Nous recommencerons jusqu'à ce que vous ayez réussi, et alors nous réglerons nos comptes ; mais je suis sûr du succès. Un de mes correspondants de Calcutta, en qui j'ai pleine confiance, nous guidera sur le choix des marchandises à apporter ; il vous mettra en rapport avec les maisons du pays. C'est un brave homme qui, sur ma recommandation, vous facilitera volontiers les moyens d'atteindre votre but.

— Ah ! capitaine, tant de bontés...

— Mais du tout. J'entends et je prétends rentrer dans mes avances, y compris les intérêts, aussitôt que vous pourrez le faire.

— Comment vous exprimer ma reconnaissance, capitaine ?

— En acceptant mes offres. Ainsi, voilà qui est une affaire entendue ; maintenant, Henric, je vous écoute. »

Henric garda un instant le silence comme pour rappeler ses souvenirs.

« Mon père, dit-il, était luthier à La Haye, fort habile et fort estimé. Dès mon enfance il m'avait instruit de tout ce qui concernait son état, de sorte que j'étais parfaitement entendu dans la partie, et il n'eût tenu qu'à moi de continuer dignement. Il me la céda dans un état florissant, tandis que lui, l'avait commencée avec peu de chose, et ne l'avait fait prospérer qu'à force d'activité et d'économie.

» Tout en exigeant de moi une application sérieuse dans le travail qu'il me distribuait, il ne négligeait rien pour mon éducation. Il me donna

des maîtres de langues, d'histoire, de mathé-
matiques, de géographie, et jusqu'à un maître

de musique. Mon temps était donc partagé entre
mes etudes et l'ouvrage de la maison. Ma mère,
de son côté, s'appliquait à former mon cœur : elle
était bonne, charitable, pieuse, elle m'enseigna
de bonne heure les préceptes de notre religion.
C'est à son exemple, à ses vertus que je dois
cette croyance qui, au milieu même de mes
erreurs, ne m'a jamais abandonné. Pourquoi
le ciel me l'a-t-il enlevée sitôt ? Elle eût été pour

moi une égide invulnérable contre les mauvais conseils qui m'ont perdu. Jusqu'à l'âge de vingt ans ma conduite fut vraiment exemplaire : je promettais d'être un sujet accompli ; on citait partout mon aptitude au travail, mon zèle pour l'étude, mon exactitude à remplir mes devoirs religieux.

» A cette époque, il arriva à la maison le fils d'un de nos correspondants de Paris. C'était un jeune homme aux belles manières, gai, spirituel, d'une politesse extrême envers tout le monde, et qu'on ne pouvait s'empêcher d'aimer aussitôt qu'on le connaissait. Il plut beaucoup à mon père, qui fit ce qui dépendit de lui pour lui faire trouver le séjour de notre ville agréable et le retenir le plus long-temps possible. Adrien Girard, ainsi se nommait ce jeune homme, se montra sensible aux prévenances dont il était l'objet ; il passa six semaines chez nous. Je ne tardai pas à me lier avec lui. Mon père exigeant que je fisse noblement les honneurs à notre hôte, je fis de mon mieux pour répondre à ses désirs. Je lui fis voir tout ce qu'il y avait de curieux dans le pays, je le présentai à nos connaissances ; chacun l'accueillait de son mieux et paraissait enchanté de sa personne. Notre amitié devint bientôt des plus intimes ; et quand vint le moment de la séparation nous fûmes tellement affectés l'un et l'autre, qu'Adrien résolut de solliciter de mon père la permission de m'emmener avec lui à Paris. Mon père s'en défendit d'abord. Un jeune homme de vingt-deux ans n'était pas à ses yeux un mentor bien respectable pour moi ; mais, craignant de se brouiller avec un correspondant qu'il avait intérêt à ménager, en mécontentant son fils, il céda, à la condition que je serais de retour dans trois mois. Adrien promit tout ce qu'il voulut, il lui fit remarquer que chez son père je serais aussi en sûreté que chez le mien, et qu'ainsi il ne devait avoir aucune inquiétude sur mon compte. Je fis mes préparatifs de départ avec une joie que je ne puis vous exprimer. Mon père me remit une lettre pour M. Girard, dans laquelle il le chargeait de me fournir l'argent nécessaire pendant mon séjour à Paris. Le surlendemain mon ami et moi nous montâmes en diligence, et le troisième jour nous faisions notre entrée dans la capitale de la France.

» Je ne vous parlerai pas de l'impression que produisit sur moi l'aspect de cette cité populeuse, dédale immense où toutes les conditions s'agitent pêle-mêle, où le pauvre, le riche, l'artisan, l'intrigant et l'homme de bien se croisent, se heurtent et se confondent. C'est un chaos inexplicable, un mouvement perpétuel qui bourdonne à vos oreilles et vous étourdit. L'accueil que je reçus du père de mon ami fut des plus gracieux; il y mit surtout un ton de franchise qui me charma. Une heure après mon arrivée, je me sentais aussi à l'aise dans cette maison que si je l'eusse toujours habitée.

» L'éducation des jeunes gens à Paris est bien différente de celle qu'ils reçoivent dans les villes de province ; surtout dans notre Hollande, où les mœurs sont plus sévères. Adrien jouissait d'une liberté pleine et entière; il allait, venait, sortait à toute heure du jour et de la nuit, sans que son père s'inquiétât le moins du monde de ce qu'il faisait : aussi usait-il amplement de son indépendance. Il me présenta à tous ses amis, qui furent bientôt les miens. C'était tous les jours de nouvelles fêtes, des parties de plaisir organisées à mon intention. Comment ne pas être sensible à tant de prévenances? A mon âge, pouvais-je ne pas céder à l'entraînement? pouvais-je résister aux séductions qui m'entouraient? Et quand je comparais cette vie toute d'émotion à l'existence uniforme et paisible que je menais chez mon père, croyez-vous

qu'il n'y avait pas de quoi égarer une jeune tête
de vingt ans? La mienne ne tint pas long-
temps, capitaine, je succombai à la tentation ;
huit jours ne s'étaient pas encore écoulés, et
déjà j'avais foulé aux pieds les bons sentiments
que je tenais de ma mère.

» Une fois lancé dans le tourbillon du monde,
mes désirs s'accrurent en raison de la facilité
que j'avais à les satisfaire. M. Girard, chargé de
subvenir à mes dépenses, me laissait largement
puiser dans sa caisse. Cependant, effrayé de me
voir toujours revenir à la charge après les sommes énormes qu'il m'avait déjà comptées, il
crut devoir mettre un terme à ces déréglements. Il écrivit à mon père pour l'instruire
de ma dissipation et l'engager à me rappeler.
Un soir, en rentrant, je trouve une lettre à
mon adresse : je reconnais l'écriture de mon
père.

« Au reçu de la présente, me disait-il, re-
» tiens ta place à la diligence et pars à l'instant.
» Le moindre retard me porterait un coup af-
» freux et peut-être aurais-tu à te reprocher la
» mort de ton père. »

» Cette lettre me contraria. Huit jours après,
je devais assister à une fête délicieuse donnée
par un de nos amis et dans laquelle je me pro-

mettais beaucoup de plaisir. J'osai murmurer contre un pareil ordre; je ne vis là qu'un acte de tyrannie, un indigne despotisme qu'on prétendait exercer contre moi.

» C'en est trop! m'écriai-je en froissant le papier dans mes mains; non, non, je n'obéirai pas.

» Ma résolution était bien prise; elle échoua pourtant devant l'obstination de M. Girard, qui me refusa impitoyablement de l'argent : il avait reçu de mon père la défense expresse de m'en donner. Ma bourse était épuisée; je n'osais plus m'adresser à Adrien, à qui je devais déjà beaucoup. Comment aller à un bal sans être convenablement vêtu? Et, d'ailleurs, quelle figure faire au milieu de jeunes gens qui ne regardaient pas à la dépense, moi qui ne possédais plus rien? Il fallut me résigner. Je partis donc, mais le cœur ulcéré, aigri et bien résolu, aussitôt que je le pourrais, à m'affranchir du joug qui pesait sur moi.

» C'est dans cette coupable disposition que j'arrivai à La Haye. Mon père me reçut avec sa bonté ordinaire; il ne vit dans mon empressement à lui obéir que la preuve d'un repentir sincère. A ma vue, son courroux se dissipa; pas un reproche, pas une parole dure, ses bras ne

s ouvrirent que pour me presser sur son cœur :
il était ému, il levait les yeux au ciel et remerciait Dieu de lui avoir rendu son fils.

» Le croiriez-vous, capitaine! je restai froid à
ces marques de tendresse : mon père s'en aperçut; mais il ne s'en affecta pas, persuadé que le
bien-être de la maison et surtout la reprise de
mes occupations me feraient bientôt oublier la
vie frivole de Paris. Il n'en fut point ainsi, ces
souvenirs me poursuivaient partout : j'apportais
dans les affaires une insouciance que je ne pouvais surmonter; j'étais distrait, rêveur, je recherchais la société des gens désœuvrés, espé-
rant rencontrer dans ces liaisons quelques-uns
de ces plaisirs auxquels on m'avait si brusquement arraché. Je passais souvent la journée
entière et quelquefois une partie de la nuit avec
mes nouveaux amis. J'avais contracté à Paris
le goût de la dépense; mais, comme je n'avais
pas la caisse de M. Girard à ma disposition, je
fis des dettes. Mon père ne pouvait pas tarder
à être instruit de mon nouveau genre de vie.
Long-temps encore il ferma les yeux sur mes
écarts, dans l'espoir que je reviendrais à des
sentiments plus dignes; mais, quand il vit que
je ne changeais pas de conduite, il avisa à un
moyen qu'il crut infaillible. Il pensa qu'en as-

sumant sur moi toute la responsabilité de la maison, l'intérêt personnel me rendrait plus raisonnable , plus assidu. C'est alors qu'il me confia la suite de son commerce.

» Cette décision eut le résultat qu'il en attendait. Une fois libre d'agir à ma guise, je pris les affaires à cœur et je m'y livrai avec une ardeur incroyable. Mon père était enchanté de moi; il s'applaudissait tous les jours d'un changement qu'il regardait comme son ouvrage.

» Deux ans après j'épousai la fille d'un hon-

nête marchand., qui m'apporta une dot de cin-
quante mille francs. Je donnai par là plus d'ex-
tension à ma maison ; en peu de temps elle
acquit une importance qu'elle n'avait jamais
eue. L'année suivante Dieu m'envoya un fils.
Tout marchait au gré de mes souhaits ; j'étais
heureux dans mon ménage, aimé de mon père
et considéré dans le pays.

»Un jour j'étais dans mon cabinet; l'heure du
courrier approchait et je terminais ma corres-
pondance, lorsque la porte s'ouvre tout à coup.
Un jeune homme élégamment vêtu s'avance vers
moi, le sourire sur les lèvres.

— Saint-Léon ! m'écriai-je après l'avoir exa-
miné un instant.

— Moi-même ! reprit-il en me serrant cordialement la main ; que je suis aise de te revoir !

— Et moi donc, lui répondis-je, j'en suis
tout joyeux.

» Je le fis asseoir à côté de moi, et nous cau-
sâmes.

» Saint-Léon était un de mes anciens compa-
gnons de plaisir de Paris. Il me dit qu'arrivé
de la veille dans notre ville il comptait y faire
un long séjour. Il était, soi-disant, chargé, par
une société scientifique dont il faisait partie, de

visiter la Hollande, l'Allemagne, la Russie, de là gagner Constantinople, ensuite passer en Egypte et rentrer en France par l'Italie. C'était un voyage qui devait lui rapporter beaucoup d'honneur et un grand profit. Nous eûmes bientôt renoué connaissance. Je le gardai à déjeuner, puis nous sortîmes ensemble. Saint-Léon était un jeune homme à la mode; sa mise recherchée, ses manières distinguées produisirent une grande sensation parmi la jeunesse du pays. Ce fut à qui l'aborderait, à qui lui toucherait la main. Au bout de quelques jours, il se vit entouré d'un cercle d'amis, tous jaloux de le prendre pour modèle.

C'est de ce moment que datent tous mes malheurs. Saint-Léon apparut comme mon mauvais génie; avec lui les plaisirs recommencèrent. Insouciant, léger, frivole, il jetait l'argent à pleines mains; moi, par un sentiment d'orgueil, je voulais surpasser ses prodigalités: les bals, les fêtes, les dîners, les chevaux, rien ne me coûtait. La nuit, le jeu! Oui, capitaine, le jeu; car, je ne vous l'avais pas dit, je n'avais pas osé vous le dire, mais je vous dois un aveu complet de mes fautes: j'avais été joueur à Paris, je redevins joueur à La Haye. Le jeu! cette funeste passion se réveilla dans mon âme bien plus ardente qu'autrefois ; passion épouvantable, hideuse, qui vous ronge le cœur et rabaisse l'homme à l'égal de la bête féroce. Figurez-vous des nuits entières passées autour d'une table, les cartes à la main, la tête brûlante, l'œil étincelant, la poitrine haletante, et puis la fièvre, le délire avec l'enfer et ses tortures. Oh ! que je fus coupable, capitaine ! et quand je pense aux fatales conséquences de ma conduite, il me semble que Dieu ne me pardonnera jamais ! »

Henric fut obligé de suspendre là son récit ; accablé sous le poids de ses souvenirs, sa voix se remplissait de larmes.

« Du courage, lui dis-je ; Dieu, qui lit dans nos cœurs, prendra vos remords en pitié, songez que sa miséricorde est infinie.

— Je le sais, capitaine, me répondit-il ; malgré mon crime, j'ai foi en sa divine clémence. »

Il garda encore un instant le silence, puis il continua :

« De pareils déréglements devaient porter leurs fruits. J'avais perdu des sommes énormes au jeu, car, par une fatalité que je ne pouvais comprendre alors, Saint-Léon avait toujours l'avantage. J'ai su depuis qu'au moyen d'infâmes subterfuges il se rendait toujours la chance favorable. C'est un misérable qui, sous le masque de l'amitié, calculait ma ruine et mon déshonneur.

— Comme vous devez le penser, je ne m'occupais plus de mes affaires ; mon père me faisait des remontrances, je ne l'écoutais pas ; j'étai sourd aux prières de ma femme, insensible à sa douleur ; ma maison était dans un désordre épouvantable ; rien ne se faisait plus, les marchands retiraient leurs commandes ; je perdis la confiance et l'estime que je m'étais acquise. Bientôt des bruits sinistres circulèrent sur mon compte ; mon père s'en alarma, ils attaquaient mon honneur, le sien. Enfin la catastrophe éclata ; les échéances arrivèrent de tous côtés, impossible d'y faire face. C'est alors que mes yeux se dessillèrent ; j'étais au bord de l'abîme, j'eus horreur de moi ! Mon nom, le nom de mon père, jusqu'alors sans tache, allait être flétri. Une faillite honteuse, résultat de mon inconduite, me menaçait. Le jour de la justice arrivait enfin, j'allais être déshonoré ! Le désespoir s'empara de moi, je voulus attenter à mes jours.

— Comment ! vous eûtes la pensée.....

— Oui, capitaine, je l'avoue, la vie m'était odieuse, je voulais en finir avec elle.

— Eh malheureux ! votre père, votre femme, votre enfant, que seraient-ils devenus ?

— Ils seraient morts, morts de chagrin ; je le sentis, capitaine, et je renonçai à mon dessein.

— C'est bien, mon brave, c'est bien.

— Et c'eût été horrible à moi ; car ce qu'ils firent dans cette circonstance..... Mon père ! ma femme !... oh ! comme ils furent grands, généreux ! Vous ne savez pas ce qu'ils firent, capitaine : ils se dépouillèrent pour moi ; tout ce qu'ils possédaient servit à payer mes créanciers. Il ne leur resta plus rien. Ce que j'éprouvai alors est indicible ; le sommeil fuyait ma paupière, des souffrances inouïes déchiraient mon âme. Je voulus aller trouver Saint-Léon, la cause de tous ces désastres, et lui demander raison de sa perfidie, l'infâme avait pris la fuite. Mon père, ruiné pour moi, se remit à l'ouvrage comme au temps de sa jeunesse ; ma femme le secondait avec une résignation angélique. Ils étaient sur pied avant le lever du soleil et ne quittaient le travail que le soir fort tard, prenant à peine le repos nécessaire pour se préparer aux fatigues du lendemain. La plus stricte économie était rigoureusement observée, forcés de s'imposer des privations, souvent bien pénibles, ils les enduraient sans se plaindre.

Cette vue me faisait un mal horrible. Je ne pus la supporter. Je résolus de fuir; aussi bien, j'étais un fardeau de plus pour ma famille.

— Comment, à votre âge! vous auriez dû au contraire leur être d'un grand secours.

— Oui, capitaine, si j'avais pu prendre sur moi de faire comme eux; mais le coup qui m'avait atteint avait anéanti toutes mes facultés; j'étais sans force, sans énergie. Et puis, je vous le confesse encore, une fausse honte me retenait. Moi, travailler de mes mains, dans une ville qui retentissait encore du bruit de ma vie scandaleuse! C'était mal, sans doute; c'eût été une légère expiation de mes fautes. Eh bien! je ne pus m'y résigner.

» D'ailleurs, l'opinion publique pesait sur moi; mes concitoyens m'évitaient, me méprisaient! Je déclarai ma résolution à mon père et à ma femme.

» Vivez sans moi, leur dis-je; j'irai chercher du travail loin de vous; soyez tranquilles sur mon sort : hors de ma patrie, j'aurai du courage; rien ne me rebutera, je vous le jure, et, quel que soit mon salaire, je pourrai du moins alléger vos peines.

» Mon père chercha à me détourner de mon projet.

« Reste, mon fils, me dit-il : avec l'aide de
» Dieu, qui n'abandonne jamais ceux qui met-
» tent leur confiance en lui, le bonheur revien-
» dra parmi nous ! » Ma femme me suppliait
aussi de ne pas l'abandonner : je fus inexorable.

» Non, leur dis-je, non, je mourrais ici;
ailleurs je puis vous être utile, je partirai. Je
passai une partie de la nuit à faire mes dispo-
sitions; quand elles furent terminées, je m'a-
genouillai au pied de mon lit, et je priai le Ciel
de répandre ses bénédictions sur ma famille.
Cette prière me calma; je pus goûter un peu
de repos. A la pointe du jour, j'entrai dans la
pièce où mon père avait l'habitude de travailler ;
il était déjà à l'ouvrage, et ma femme aussi : je
leur fis mes adieux, je les pressai tendrement
sur mon cœur. Je voulus aussi embrasser mon
petit Jules; sa mère le réveilla : le pauvre enfant que l'on arrachait au sommeil se mit à
pleurer; mais à ma vue son visage s'épanouit,
et il me tendit ses petites mains en m'appelant :
« Papa ! » le seul mot, avec celui de sa mère,
qu'il sût encore prononcer. Je n'y tenais plus,
capitaine : je sentais mes jambes chanceler,
j'allais succomber sous le poids de mon émotion; mais, faisant un dernier effort sur moi-
même, je pris la main de mon père et celle de

ma femme, que je portai à mes lèvres : Je reviendrai, leur dis-je, mais du courage et bon espoir !

» Je donnai encore une caresse à mon fils, et je me précipitai hors de la maison. Je marchai long-temps à l'aventure, sans savoir de quel côté je dirigeais mes pas. Ma tête était en feu, je ne distinguais rien ; j'allais comme un insensé, sans but, sans idée à moi, et soutenu seulement par le délire. Tout à coup mes yeux se voilent, mes genoux fléchissent, et je

tombe sans connaissance au pied d'un arbre.

Un paysan qui passait par là me rappela à la vie. Mon évanouissement avait été long, car, lorsque je revins à moi, le soleil était déjà bien haut dans le ciel. Mais le délire avait disparu, les pensées arrivaient saines à mon cerveau : je remerciai le brave homme de ses soins, et je poursuivis ma route.

» Je ne vous raconterai pas, capitaine, toutes les démarches que je fis pour obtenir un emploi ; qu'il vous suffise de savoir que je n'éprouvai que des refus. Je me présentai dans bien des maisons, partout je fus éconduit. C'est ainsi que j'arrivai à Rotterdam, après avoir parcouru toutes les villes du royaume. Il fallait pourtant prendre un parti, car le peu d'argent que j'avais emporté commençait à s'épuiser : c'est alors que, en désespoir de cause, je pris du service dans la marine royale : j'y suis resté six ans. Au bout de ce temps, j'ai été libre ; et, comme la marine marchande offre plus de chances d'avancement pour celui qui connaît bien son état et qui possède quelques connaissances ; j'ai quitté ma patrie, qui me rappelait de trop tristes souvenirs, et je suis venu en France. Le hasard m'a guidé vers vous, capitaine, ou plutôt c'est la Providence, car un autre que vous eût-il eu pour moi toutes les bontés dont vous m'accablez ?

— Ne parlons pas de cela, Henric ; votre conduite méritait cette distinction, et maintenant, outre l'intérêt que m'inspire vos malheurs, je vous le répète, j'ai une dette à acquitter.

— Encore, capitaine ! mais c'est attacher trop d'importance à une action pourtant bien naturelle.

— Comme cette action, je le sais, est la conséquence de votre sollicitude pour moi, je l'apprécie et je veux la reconnaître. Ne revenons donc plus sur ce sujet et permettez-moi d'agir comme je l'entendrai. »

Nous venions d'arriver à Table-Baie, il était à peu près onze heures. Je payai mon hôtesse, car j'avais résolu de coucher à bord, afin d'appareiller le lendemain à la pointe du jour, et nous descendîmes sur le port, où je retrouvai mon canot, qui nous reconduisit à notre navire.

Le reste de notre voyage n'offrit rien de particulier. Après avoir relâché dans différents ports, nous arrivâmes à Calcutta, la ville des palais. J'y restai deux mois. Tout en m'occupant de mes affaires, je ne négligeai pas celles d'Henric. Je pris toutes les informations nécessaires à l'accomplissement de mon projet. Mes démarches eurent un plein succès ; je parvins même à mettre mon protégé en rapport avec quelques maisons que je disposai en sa faveur, et qui devaient plus tard lui être d'un grand secours. Les choses arrangées ainsi, je repartis, le cœur satisfait, persuadé qu'avec l'envie de réussir et son activité Henric trouverait là, l'année suivante, les premiers éléments de cette petite fortune qu'il ambitionnait pour améliorer le sort de sa famille.

De retour en France, ma mère voulut payer son tribut de reconnaissance envers celui qui lui avait conservé son fils. Elle mit à sa disposition une somme qu'il refusa d'abord, mais je le persuadai si bien que ce n'était qu'à titre de prêt que cette somme lui était offerte, et puis ma mère y mit tant d'instance, tant de bonté, que Henric fut forcé de l'accepter. Il acheta avec cela un grand assortiment de différents articles, tous objets de choix et d'une vente assurée, dont il se défit fort avantageusement à Calcutta. Une partie de ses bénéfices fut envoyée à sa famille. Avec le reste il fit d'autres achats dont le placement fut encore plus heureux au voyage suivant. Pendant quatre années de suite, il renouvela ses opérations, qui chaque fois devenaient plus fructueuses. Son commerce ne se bornait pas à Calcutta seulement ; il avait des relations dans toutes les villes un peu importantes de l'intérieur.

Avant de s'embarquer pour le dernier voyage qu'il fit avec moi dans les Indes, non plus comme marin, mais comme négociant, il me força à accepter le remboursement de la somme avancée par ma mère, y compris les intérêts.

« Que ne puis-je vous rendre aussi, me dit-il, tout le bien que vous m'avez fait? Depuis que, grâce à vos bienfaits, j'ai pu procurer à ma famille une existence, sinon brillante, mais douce et assurée, le repos et le bonheur sont rentrés dans mon âme; il semble que je recommence ma vie, calme et simple comme avant de quitter pour la première fois ma ville natale. Maintenant je prie Dieu sans terreur, tel qu'un enfant au cœur pur et naïf. Le temps de mes erreurs n'est plus qu'un rêve qui s'efface tous les jours davantage de ma pensée. Voilà ce bien, capitaine; avouez qu'une vie entière de reconnaissance ne peut en payer le prix.

— Qu'est-ce que cela, Henric? tandis que vous...

— Encore votre idée fixe, capitaine! vous avez beau dire, vous ne me persuaderez jamais...

— Eh bien, soit, repris-je en l'interrompant, et, puisque nous voulons avoir raison tous les deux, restons chacun avec notre dette, et n'en parlons plus.»

Nos conversations sur ce sujet se terminèrent là. Je partais quinze jours après; Henric fit embarquer à bord une si grande quantité de caisses, que j'en fus étonné. Il me dit que toutes ces marchandises étaient vendues d'avance, et que ce serait probablement la plus belle opération qu'il aurait faite.

« Mais, ajouta-t-il, il y a une chose qui m'attriste.

— Et laquelle?

— C'est qu'une fois arrivé à Calcutta, je serai obligé de me séparer de vous.

— Comment, vous voulez me quitter?

— Il le faut, capitaine! c'est en grande partie aux villes de l'intérieur que ces marchandises sont destinées; ma présence sur les lieux sera indispensable.

— Tant pis pour moi, Henric. Tant mieux

pour vous, s'il s'agit d'augmenter votre fortune. Que Dieu vous assiste! Puissé-je vous
retrouver un jour riche et heureux au sein de
votre famille. »

En effet, un mois après notre arrivée dans
la capitale du Bengale, temps nécessaire à Henric pour terminer les affaires qu'il avait dans
cette ville, il s'embarqua à bord d'un budgerow
qui devait remonter le Gange et le conduire à
Bénarès, la ville sainte de l'Indoustan.

Mon retour en France fut triste : Henric
me manquait. Je m'étais attaché à lui. Le récit
de sa vie m'avait intéressé ; il avait été plus
aveugle que coupable. Ses égarements n'avaient
point porté atteinte aux bons sentiments de son
cœur, pas plus qu'aux principes religieux que
sa mère lui avait enseignés. C'était, en un mot,
un noble caractère, une âme forte et résignée,
un homme enfin qu'on regrette quand on l'a
connu, mais qu'on ne peut oublier.

Je continuai mes voyages au Bengale ; mais,
quoique Henric n'eût pas quitté le pays, je ne
le rencontrai jamais à Calcutta, où il ne venait
que fort rarement. J'appris avec plaisir que ses
affaires, qui le retenaient dans les villes inté-
rieures, étaient dans un état complet de pro-
spérité. Il avait entrepris le commerce des dia-

mants ; il traitait directement avec les nababs,
et, chaque année, il réalisait des bénéfices con-
sidérables.

Un jour je reçus une lettre de lui, dans

laquelle il me faisait part de sa position. « Le
» succès, m'écrivait-il, a dépassé toutes mes
» espérances. Je suis parvenu à assurer à ma
» famille un sort tel que je le désirais ; cepen-
» dant je suis engagé dans des opérations im-
» portantes qui me retiendront long-temps en-
» core ici. Malgré mon impatience de retourner

» dans ma patrie, il faut que j'en attende le ré-
» sultat; alors, capitaine, rien ne m'arrêtera
» plus : je prendrai passage sur un navire qui
» me conduira à Bordeaux, car il est bien juste
» que vous jouissiez, avant tous, du spectacle
» de mon bonheur, puisqu'après Dieu c'est à
» vous que je le dois. » Sa lettre se terminait
par les protestations d'une reconnaissance éter-
nelle.

Plus tard, un projet d'établissement pour
moi, et qui se réalisa, mit un terme à mes
voyages. Une sœur de ma mère avait épousé un
riche banquier de Berlin, M. Wegner, homme
d'une probité irréprochable et généralement
estimé. Ma tante remerciait tous les jours le
ciel de la douce existence qu'il lui avait donnée.
Chérie de son époux, adorée de ses deux enfants, un fils aîné et une fille plus jeune de quatre ans, rien ne manquait à sa félicité. Malgré
la distance qui les séparait, les deux sœurs
avaient toujours entretenu les relations les plus
intimes; et pour resserrer les liens de cette
tendre amitié une union entre les deux familles
avait été depuis long-temps résolue. Vous
devinez sans doute qu'il s'agissait de ma cousine
et de moi. Ma tante attendait ce moment avec
impatience. Enfin sa fille allait atteindre sa dix-

huitième année : c'était l'époque tant désirée pour l'accomplissement de ce mariage qui devait combler tous ses vœux, lorsque le coup le plus affreux vint la frapper. M. Wegner, en revenant de France, périt victime de l'imprudence d'un postillon ; sa chaise de poste fut entraînée au fond d'un précipice, le postillon resta mort sur la place, et mon oncle reçut plusieurs blessures fort graves, à la suite desquelles il succomba. A la nouvelle de ce cruel événement, ma mère et moi partîmes pour Berlin.

La présence de sa sœur pouvait seule apporter quelque soulagement à la douleur de la malheureuse veuve. Ma mère avait de saintes et douces paroles qu'on écoutait même au sein de la plus vive affliction, et qui pénétraient au fond de l'âme comme un baume consolateur.

Nous restâmes trois mois chez ma tante. A mon retour à Bordeaux, j'appris qu'Henric était venu me demander; on lui avait dit que mon absence serait longue, et il était reparti pour La Haye, en promettant d'aller à Berlin lorsqu'il aurait passé quelques jours auprès de sa famille. Son impatience était bien légitime; il y avait si long-temps qu'il n'avait embrassé son vieux père, sa femme et son petit Jules, qui probablement ne le reconnaîtrait pas ! En effet, cinq ou six jours après mon départ, il s'était présenté chez ma tante, c'est ce qu'il m'annonça lui-même par une lettre que je reçus plus tard, et dans laquelle il me témoignait le plus vif regret de ne pas m'y avoir trouvé.

L'année suivante, ma tante arriva à Bordeaux avec son fils et sa fille ; leur deuil était expiré, rien ne s'opposait plus à l'exécution du projet des deux familles. Mon mariage avec ma cousine fut donc fixé à un mois de là. Trop peu de temps s'était écoulé depuis la mort de mon oncle, nos cœurs saignaient encore de cette perte ; tout se passa entre nous, sans bruit et sans éclat.

Ma mère fit les plus grandes instances auprès de sa sœur pour l'engager à quitter la Prusse, où désormais aucune affection ne pouvait plus la retenir, maintenant surtout que sa fille ne serait plus avec elle, mais des affaires très-importantes à liquider rendaient indispensable sa présence dans ce pays. Après un séjour de deux mois, elle partit avec son fils, en exigeant de ma femme et de moi d'aller, tous les ans, passer une partie de la belle saison à Berlin jusqu'à ce que ses affaires lui permissent de venir habiter avec nous. Nous nous conformâmes très-exactement aux désirs de ma tante. Chaque année nous quittions Bordeaux sur la fin de mai, ou au plus tard dans la première quinzaine de juin; au mois de septembre nous étions ordinairement de retour auprès de ma mère.

Nous venions de quitter Berlin pour la dernière fois; ma tante avait réglé toutes ses affaires, et nous la ramenions avec nous. L'année précédente Henric avait fait le voyage de Bordeaux tout exprès pour me voir; mais, par un fâcheux hasard, il était arrivé précisément encore pendant mon absence; de sorte que je résolus de passer par La Haye, dans le seul but de faire ma visite à mon ex-contre-maître. Nous n'étions plus qu'à quelques milles de cette ville, lorsque, parvenus au bas d'une côte rapide, nous mîmes pied à terre. Tout à coup, à un détour que faisait la route, nous voyons un cavalier qui venait à nous de toute la vitesse de son cheval. Une pareille imprudence me surprit : descendre au grand galop une pente si escarpée, c'était, selon moi, une témérité sans exemple; mais je ne tardai pas à m'apercevoir que le cheval avait pris le mors aux dents, et que le cavalier, incapable de le retenir, courait le plus grand danger. Je n'hésite plus, je m'élance au-devant de l'animal, et

j'ai le bonheur de l'arrêter au moment où il allait se précipiter dans une fondrière. Celui que je venais de sauver ainsi d'une mort certaine était un jeune homme de vingt-deux ans environ; sur ses traits, d'une régularité parfaite, brillait le feu de la jeunesse tempéré par une expression de douceur qui charmait au premier regard. Quand il fut revenu de sa frayeur, il salua ces dames avec une courtoisie mêlée de grâce et de respect; puis saisissant une de mes mains, qu'il serra cordialement dans les siennes :

« Monsieur, me dit-il, vous venez d'acquérir des droits éternels à ma reconnaissance; croyez que tant que je vivrai.... »

Je ne le laissai point achever sa pensée.

« Qu'auriez-vous donc fait à ma place? lui demandai-je.

— Ce que vous avez fait, sans doute; oh! oui, monsieur, je le jure...

— Eh bien, alors, vous le voyez, vous ne me devez rien; seulement, comme votre cheval est hors d'état de vous porter et que vous-même avez besoin de repos, permettez-moi de vous ramener chez vous. Vous habitez, je pense, les environs?

— Oui, monsieur. »

Je lui donnai la main pour l'aider à monter dans la voiture, où il prit place à côté de ma tante.

« Nous y voici, dit le jeune homme quand nous fûmes arrivés au haut de la côte. »

Un instant après, nous prîmes, à notre gauche, une superbe allée de marronniers qui nous conduisit sur une vaste pelouse au milieu de laquelle s'élevait une maison de campagne fort élégante. Tout autour, et aussi loin que la vue pouvait s'étendre, un magnifique parc descendait les flancs de la colline et allait se perdre dans les gorges de la vallée.

Notre guide nous fit entrer dans un salon du rez-de-chaussée où personne ne se trouvait.

« Veuillez attendre un instant, nous dit-il ; je vais prévenir mon père. »

Il sortit par une porte qui donnait de plain-pied sur un fort beau jardin, et nous nous mîmes à examiner les tableaux qui décoraient la tapisserie. Ils étaient dus, en grande partie, aux premiers maîtres de l'école flamande. Cette collection, ainsi que le reste de l'ameublement, donnaient déjà une fort haute idée du bon goût et de la fortune du propriétaire. J'étais en admiration devant une vue d'Espagne, que je trouvais d'une grande beauté, lorsque ces mo's : « Où est-il ? où est-il ? » se font entendre. Au même instant, un monsieur entre et vient à moi d'un air empressé ; mais, à peine nous sommes-nous envisagés, que nous jetons un cri et nous volons dans les bras l'un de l'autre.

« Mon capitaine !

— Henric ! »

Vous jugez de mon étonnement. Quoique je ne fusse venu à La Haye que pour y voir Henric, je ne m'attendais pas à le rencontrer dans le maître de cette riche propriété. J'étais loin de penser que le jeune homme au secours duquel la Providence m'avait envoyé si à propos était précisément le fils de mon contre-maître, ce petit Jules dont il me parlait si souvent. Ma joie était extrême, Henric ne savait comment me témoigner la sienne; il me pressait les mains, il me regardait avec un sourire ineffable de bonheur, il m'appelait son capitaine, son bon, son excellent capitaine! Puis allant au-devant de son père et de sa femme, qui s'empressaient d'accourir:

« Le voici, leur dit-il, voici celui que vous désiriez tant connaître. C'est si naturel, capitaine, ajouta-t-il en s'adressant à moi, de désirer connaître celui à qui l'on doit tout!

— Mais vous oubliez toujours, Henric...

— Je n'oublie rien, capitaine. Vous prétendez que vous me devez la vie, soit! Ne vous dois-je pas celle de mon enfant, moi! Mais cette fortune qui m'a mis à même d'arracher mon vieux père à un travail trop pénible pour son grand âge; de lui procurer, ainsi qu'à ma femme, une existence douce et tranquille, eux qui s'étaient dépouillés pour moi; cette fortune me vient de vous, capitaine; sans vos bienfaits, sans vos recommandations, je ne l'eusse jamais acquise, et ma famille languirait encore aujourd'hui dans les privations. A bord, c'était mon devoir de veiller sur vous. Ce que vous avez fait, vous, c'est par bonté d'âme, par générosité. Vous avez tendu la main au pauvre pécheur parce qu'il est dans votre nature de faire le bien. Vous avez beau dire, capitaine, je suis votre débiteur; et cette dette, je ne puis l'acquitter qu'en vous vouant une reconnaissance éter nelle. »

Ma femme vint adroitement interrompre cette

scène en priant notre hôte de nous faire con

naître sa propriété. Nous fîmes une longue promenade dans le parc, qui me parut fort beau. Après le dîner nous remontâmes en voiture, au grand regret d'Henric, qui me suppliait de rester quelques jours avec eux.

« Je ne puis, lui dis-je, les affaires m'appellent à Bordeaux ; mais nous nous reverrons, Henric, soyez-en certain.

— J'y compte, capitaine ; en attendant, pensez quelquefois à votre contre-maître, qui ne cessera jamais de faire des vœux pour votre bonheur ! »

FIN.

www.ingramcontent.com/pod-product-compliance
Ingram Content Group UK Ltd.
Pitfield, Milton Keynes, MK11 3LW, UK
UKHW020947120726
13693UKWH00004B/1583